Julio Verne

LA VUELTA AL MUNDO EN 80 DÍAS

ROCKFORD PUBLIC LIBRARY

**Adaptación: Enzo Maqueira
Ilustraciones: Facundo Belgradi**

LA VUELTA AL MUNDO EN 80 DÍAS
es editado por
EDICIONES LEA S.A.
Av. Dorrego 330 C1414CJQ
Ciudad de Buenos Aires, Argentina.
E–mail: info@edicioneslea.com
Web: www.edicioneslea.com

ISBN 978-987-718-516-4

Queda hecho el depósito que establece la Ley 11.723.
Prohibida su reproducción total o parcial, así como
su almacenamiento electrónico o mecánico.
Todos los derechos reservados.
© 2017 Ediciones Lea S.A.

Primera edición. Impreso en Argentina.
Julio de 2017. Pausa Impresores.

Verne, Julio
    La vuelta al mundo en 80 días / Julio Verne ; adaptado por Enzo Maqueira ; ilustrado por
    Facundo Belgradi. - 1a ed . - Ciudad Autónoma de Buenos Aires : Ediciones Lea, 2017.
    64 p. : il. ; 24 x 17 cm. - (La brújula y la veleta ; 26)

    ISBN 978-987-718-516-4

    1. Ciencia Ficción. 2. Novelas de Aventuras. I. Maqueira, Enzo, adap. II. Belgradi, Facundo, ilus.
    III. Título.
    CDD 843

I

Phileas Fogg era uno de los miembros más importantes del Reform Club de Londres. Era rico, pero nadie sabía cómo había ganado su fortuna. Hablaba lo menos posible y no tenía mujer, hijos, parientes ni amigos. Su único pasatiempo era leer los diarios y jugar a las cartas. Vivía solo en su casa de Saville Row, pero pasaba gran parte de su tiempo en el Reform Club, donde almorzaba, cenaba y jugaba a las cartas. Sólo volvía a su casa para acostarse a las once de la noche en punto.

Phileas Fogg exigía de su único sirviente una regularidad y una puntualidad extraordinarias. Aquel mismo día, 2 de octubre, había despedido al último por el delito de haberle llevado el agua para afeitarse a veintiocho grados en lugar de veintinueve, y entrevistaba a su sucesor, que debía presentarse entre once y once y media.

–¿Es usted francés? –le preguntó Phileas Fogg.

–Así es. Mi nombre es Passepartout –respondió el futuro sirviente.

–Passepartout me gusta –respondió el señor Fogg–. Fuiste recomendado por tu conducta. ¿Conoces mis condiciones?

–Sí, señor.

–Bien. ¿Qué hora tienes?

–Las once y veintidós –respondió Passepartout, sacando del bolsillo de su chaleco un enorme reloj de plata.

–Estás atrasado.

–Perdóneme el señor, pero es imposible.

–Llevas cuatro minutos de atraso. No importa. Basta con hacer constar la diferencia. De modo que desde este momento, las once y veintinueve de la mañana, hoy miércoles 2 de octubre de 1872, entras a mi servicio.

Dicho esto, Phileas Fogg se levantó, tomó su sombrero con la mano izquierda, lo colocó en su cabeza mediante un movimiento automático, y desapareció sin decir palabra.

Passepartout se quedó solo en la casa, así que aprovechó para conocer su nuevo hogar. Encima de la chimenea había un reloj que daba exactamente la misma hora, incluidos los segundos, que el reloj que tenía Phileas Fogg en su dormitorio. Había una nota sobre el reloj. Era el programa del servicio diario. Empezaba a las ocho de la mañana, hora reglamentaria en que se levantaba el señor Fogg, hasta las once y media en que dejaba su casa para ir a almorzar al Reform Club. En la nota figuraban todos los detalles: el té y las tostadas fritas de las ocho y veintitrés, el agua caliente para afeitarse de las nueve y treinta y siete, el peinado de las diez menos veinte... A las once de la noche era la hora exacta en que el señor Fogg se acostaba. Passepartout pasó un rato estudiando los horarios. Le agradaba su nuevo amo.

–¡Nos entenderemos perfectamente, señor Fogg y yo! –decía para sí mismo con su acento francés–. ¡Un hombre organizado, recto y puntual! ¡Me gusta! ¡Claro que me gusta!

II

Tal cual estaba escrito en su rutina diaria, el señor Fogg pasó esa mañana y el resto del día en el gran salón del Reform Club. Cuando caía la tarde se acercaron también a la chimenea sus compañeros habituales de cartas: el ingeniero Andrés Stuart, los banqueros John Sullivan y Samuel Falientin, el fabricante de cervezas Tomás Flanagan, y Gualterio Ralph, uno de los administradores del Banco de Inglaterra, todos hombres ricos.

Mientras jugaban a las cartas conversaban sobre el robo de cincuenta y cinco mil libras que habían sido sustraídas del Banco de Inglaterra. Había motivos para suponer que el autor del robo no era un ladrón cualquiera. Durante el día del robo se paseaba por la sala de pagos un caballero de buenos modales y aire distinguido. La policía lo buscaba, incluso había ofrecido una recompensa, pero en el Reform Club apostaban si lo iban a encontrar o no.

–La Tierra es muy grande –dijo Andrés Stuart–. Este caballero puede haberse escondido en cualquier parte.

–Antes sí lo era… –dijo a media voz Phileas Fogg; añadiendo después y presentando las cartas a Tomás Flanagan–. Te toca cortar.

–¡Cómo que antes! ¿Acaso la Tierra ha disminuido? –preguntó Andrés Stuart.

–Sin duda que sí –respondió Gualterio Ralph–. Opino como el señor Fogg. La Tierra ha disminuido. Hoy se recorre diez veces más rápido que hace cien años. Y esto es lo que, en el caso del que nos ocupamos, hará que los investigadores actúen con mayor eficacia.

–Y que el ladrón se escape con más facilidad.

–Te toca jugar –dijo Phileas Fogg.

Pero el incrédulo Stuart no estaba convencido, y cuando terminó el juego de cartas dijo:

–Hay que reconocer que encontraron una forma graciosa de decir que la Tierra se ha empequeñecido. De modo que ahora se le da vuelta en tres meses...

–En ochenta días –dijo Phileas Fogg.

–En efecto, señores –añadió John Sullivan–, ochenta días según el periódico: de Londres a Suez por el Monte Cenis y Brindisi, ferrocarril y vapores, siete días; de Suez a Bombay, también en barco a vapor, dieciocho días; de Bombay a Calcuta, en tren, ocho días; de Calcuta a Hong–Kong, en vapor, otros trece días; de Hong–Kong a Yokohama (Japón), en barco a vapor en seis días; de Yokohama a San Francisco, también en vapor, veintidós días; de San Francisco a Nueva York, en tren, siete días; y de Nueva York a Londres, vapor y ferrocarril , nueve días. En total: ochenta días.

–¡Sí, ochenta días! –exclamó Andrés Stuart–. Pero eso sin tener en cuenta el mal tiempo, los vientos contrarios, los naufragios, los descarrilamientos, etc.

–Contando con todo –respondió Phileas Fogg, retomando el juego.

Andrés Stuart, a quien tocaba dar, recogió las cartas, diciendo:

–Teóricamente tiene usted razón, señor Fogg; pero en la práctica...

–En la práctica también, señor Stuart.

–Quisiera verlo.

–Sólo depende de usted. Partamos juntos.

–Apostaría cuatro mil libras a que semejante viaje, en ese tiempo, es imposible.

–Muy posible –respondió Fogg.

–Pues bien, hágalo.

–¿La vuelta al mundo en ochenta días?

–Sí.

–Pues bien, señor Fogg, apuesto cuatro mil libras...

–Aceptado –dijo Fogg: y luego, volviéndose hacia sus compañeros, añadió–: Tengo veinte mil libras depositadas en casa de Baring hermanos. Apuesto esas veinte mil libras contra quien quiera a que yo doy la vuelta al mundo en ochenta días. ¿Aceptan o no?

–Aceptamos –respondieron los señores Stuart, Falletín, Sullivan, Fianagan y Ralph.

–Bien –dijo Fogg–. El tren de Douvres sale a las ocho y cuarenta y cinco. Lo tomaré esta misma noche. Hoy es miércoles 2 de octubre. Estaré de vuelta en Londres, en este mismo salón del Reform Club, el sábado 21 de diciembre a las ocho y cuarenta y cinco minutos de la tarde. En caso contrario, las veinte mil libras serán de ustedes.

III

A las siete y veinticinco, Phileas Fogg, después de haber ganado algunos billetes en el juego de cartas, se despidió de los caballeros y abandonó el Reform Club. A las siete y cincuenta abría la puerta de su casa y entraba.

Passepartout quedó sorprendido al ver regresar al señor Fogg antes de tiempo.

–¿El señor va a viajar? –preguntó Passepartout una vez que acudió al llamado de su patrón.

–Sí –respondió Phileas Fogg–. Vamos a dar la vuelta al mundo.

–¡La vuelta al mundo! –repitió Passepartout, sin salir de su asombro.

–En ochenta días –respondió el señor Fogg–. No hay tiempo que perder.

–¡Y yo que quería estar tranquilo...!

Un rato después, ya con todos los preparativos listos, el señor Fogg le dio una bolsa con veinte mil libras para los gastos del viaje. Luego, cerraron la puerta tras de sí, tomaron un taxi y se dirigieron a la estación de trenes. Llegaron a las ocho y veinte de la noche. Phileas Fogg dio a Passepartout la orden de comprar dos billetes en primera clase con dirección a París. Después se volvió para saludar a sus compañeros del Reform Club, que habían ido a la estación para despedirlo.

–Señores, me voy. Podrán comprobar mi itinerario cuando vean en mi pasaporte los sellos de cada país que visite.

–No olvides que debes estar de vuelta... –dijo Andrés Stuart.

–Dentro de ochenta días –respondió el señor Fogg–: el sábado 21 de diciembre a las ocho y cuarenta y cinco minutos de la noche. Hasta la vista, señores.

A las ocho y cuarenta y cinco se escuchó un silbido y el tren se puso en marcha. Llovía. Phileas Fogg, acurrucado en un rincón, se mantenía en silencio. Passepartout, todavía nervioso, apretaba la bolsa con las veinte mil libras contra su cuerpo.

El tren recién arrancaba cuando Passepartout lanzó un grito desesperado.

–¿Qué pasa? –preguntó el señor Fogg.

–Es que con tanto apuro y desesperación, creo que olvidé...

–¿Qué?

–¡Apagar el gas de mi cuarto!

–Bueno, muchacho –respondió el señor Fogg con frialdad–, ya es tarde para lamentos.

La noticia de la aventura circuló por todos los diarios. Siete días después de su partida, un incidente completamente inesperado amenazaba, sin que él lo supiera, sus planes. En efecto, durante aquel día el director de la policía metropolitana había recibido un despacho telegráfico que decía lo siguiente:

> *Suez a Londres.*
> *Rowan, director policía administración central, Scotland Yard.*
> *Sigo al ladrón del banco, Phileas Fogg. Enviar sin demora solicitud de prisión a Bombay, India Inglesa.*
>
> *FIX*

Así, la imagen del excéntrico caballero había llamado la atención de la policía y sospechaban que se trataba del distinguido ladrón de billetes de banco que perseguían. Sus rasgos eran bien similares a los del sospechoso, y era evidente que este personaje, con la excusa de un viaje alrededor del mundo, lo había planificado todo para escapar de la policía.

IV

Fix, quien había firmado el pedido de captura, era uno de los detectives ingleses que habían sido enviados a diferentes puertos después del robo en el Banco de Inglaterra. Hacía dos días que había recibido del director de la policía metropolitana las señas del presunto autor del robo, o sea, de aquel caballero que había sido observado en la sala de pagos del Banco. El detective, que quería cobrar la recompensa por atrapar al ladrón, esperaba en Suez la llegada del barco que venía de Londres.

Los pasajeros comenzaron a bajar. Fix examinaba minuciosamente a cada uno de ellos. Hubo uno que llamó su atención. Era un hombre cortés que le preguntó por la oficina del cónsul. Fix tomó instintivamente el pasaporte. El papel tembló en sus manos. Las señas que constaban en el pasaporte eran idénticas a las que había recibido del director de la policía británica.

Un rato después, Passepartout y Fogg estaban frente al cónsul. Phileas Fogg sacó el pasaporte y le pidió al cónsul que por favor lo sellara. Mientras el cónsul analizaba el pasaporte, Fix, en un rincón del despacho, observaba con atención. Sus sospechas crecían cada vez más. Los viajeros se marcharon sin inconvenientes.

A la tarde Fix tropezó con Passepartout en la calle, que observaba asombrado a su alrededor mientras hacía las compras que le había encargado su amo.

–Pues bien, amigo mío –le dijo Fix, saliéndole al encuentro–; ¿pudieron visar el pasaporte?

–¡Ah! Es usted –respondió el francés–. Muchas gracias. Estamos perfectamente en regla.

–¿Tienen noticias de Inglaterra?

–Sí, pero vamos tan apurados que es como si viajáramos entre sueños. ¿Es verdad que estamos en Suez, Egipto?

–Así es. Usted está en Suez, una ciudad de Egipto, continente de África.

–¡África! –repitió Passepartout–. No lo puedo creer. Jamás creí que conocería algo más que París.

–¿Por qué van tan apurados? –preguntó el inspector de policía.

–Mi amo lleva prisa. A propósito: tengo que comprar ropa. Salimos sin equipaje.

–Te acompañaré a un lugar donde podrás comprar todo lo que te falta.

Y ambos echaron a andar. Passepartout estaba animado.

–Debo volver puntual para la hora de salida del barco.

–¿Así que salieron apurados de Londres? ¿A dónde quiere ir tu amo?

–¡Está dando la vuelta al mundo!

–¿La vuelta al mundo? –exclamó Fix.

–Sí, señor. ¡En ochenta días! Dice que es una apuesta; pero no creo que sea cierto. Debe haber algún otro motivo.

Fix asintió para sus adentros. Claro que había otro motivo. No quedaban dudas de que el señor Fogg era el ladrón que estaban buscando. Debía pedir a Londres la orden de arresto, embarcarse en el "Mongolia", seguir al ladrón hasta la India y, en aquella tierra inglesa, salirle al encuentro con la orden de arresto en la mano. Tenía una misión que cumplir.

V

Cuando el barco llegó a Bombay, el Señor Fogg se despidió de sus compañeros de juego y dio a su criado la orden de hacer algunas compras. Le pidió que regresara antes de las ocho a la estación de trenes, donde debían tomar el tren a Calcuta. Luego, con paso firme, se dirigió a la oficina de pasaportes para hacer sellar el suyo. Mientras tanto, el agente Fix había ido corriendo a las oficinas del director de la policía de Bombay. Le dio a conocer la misión de que estaba encargado y su situación respecto del presunto autor del robo. La orden de arresto aún no había llegado. De todas maneras, esperaba recibirla antes de que el señor Fogg dejara Bombay, territorio que ocupaban los ingleses.

Passepartout, por su parte, cumplió con las órdenes de su amo y realizó las compras necesarias para el próximo tramo del viaje. Se dirigía a la estación de trenes cuando, al pasar por delante de una pagoda, tuvo la idea de visitarla por dentro. Ignoraba dos cosas: primero, que la entrada de ciertas pagodas hindúes está prohibida a los cristianos; y segundo, que aun los mismos creyentes no pueden entrar con los zapatos puestos. Passepartout entró sin pensar en lo que hacía, y admiraba la maravillosa pagoda por dentro cuando de repente fue derribado sobre las sagradas losas del pavimento. Tres sacerdotes con mirada furiosa se arrojaron sobre él, le arrancaron zapatos y medias y comenzaron a molerlo a golpes. El francés, vigoroso y ágil, con un par de puñetazos pudo escapar de la situación. A las ocho menos cinco, algunos minutos antes de que el tren se marchara, sin sombrero, descalzo y habiendo perdido su paquete de compras, Passepartout llegó al ferrocarril.

Allí en el andén estaba Fix, que había seguido a Fogg hasta la estación, comprendiendo que este tunante se iba de Bombay. Tomó

la resolución de acompañarlo hasta Calcuta, y más lejos si era preciso. Passepartout no vio a Fix que estaba en la sombra, pero Fix oyó cómo le narraba a su amo lo que le había sucedido.

–Espero que no se repita –respondió simplemente Phileas Fogg, tomando asiento en uno de los vagones del tren.

El pobre sirviente, desconcertado y descalzo, siguió a su amo sin decir nada.

Fix iba a subir en otro vagón, cuando lo detuvo una idea que cambió sus planes.

–Me quedo –dijo–. Un delito cometido en territorio indio... Ya tengo asegurado a mi hombre.

VI

El tren había salido a la hora reglamentaria. Passepartout ocupaba el mismo compartimiento que su amo. Un tercer viajero estaba en el rincón opuesto. Era el brigadier general sir Francis Cromarty, uno de los compañeros de juego de señor Fogg durante la travesía de Suez a Bombay. A las doce y media, el tren se detuvo en la estación de Burhampur, y Passepartout se pudo comprar unos zapatos. A estas alturas el francés ya estaba convencido de que efectivamente iban a dar la vuelta al mundo. La idea comenzaba a entusiasmarlo. Contaba los días transcurridos, maldecía las paradas del tren, lo acusaba de lentitud y se lamentaba por haber puesto en riesgo la apuesta con su descuido en Bombay.

Al siguiente día, 22 de octubre, respondiendo a una pregunta de sir Francis Cromarty, Passepartout, después de consultar su reloj, dijo que eran las tres de la mañana. Sir Francis le explicó que debía cambiar la hora, ya que, avanzando constantemente hacia el sol, los días eran más cortos. Ahora mismo, por ejemplo, el reloj de Passepartout atrasaba cuatro horas. Todo fue inútil. Passepartout no quiso cambiar la hora de su reloj.

A las ocho de la mañana, el tren se detuvo en medio de un extenso claro del bosque. El conductor del tren pasó delante de la línea de vagones diciendo:

–Los viajeros se deben bajar aquí.

Phileas Fogg miró a sir Francis Cromarty, que pareció no comprender lo que sucedía. Passepartout, no menos sorprendido, se lanzó a la vía y volvió furioso:

–¡Señor, ya no hay ferrocarril!

–¿Qué quiere decir? –preguntó sir Francis Cromarty.

–Que el tren no sigue.

El señor Fogg mantuvo la calma.

–Tenemos dos días de ventaja. Hay un vapor que sale de Calcuta para Hong Kong el 25 al mediodía. Estamos a 22. Llegaremos a tiempo.

Pero todos los viajeros parecían conocer el final de las vías, de modo que los vehículos que había disponibles estaban todos tomados.

–Señor, me parece que he hallado un medio de transporte –dijo Passepartout, señalando a la distancia.

–¿Cuál?

–¡Un elefante!

–Vamos a ver ese elefante –respondió el señor Fogg.

El dueño era un hombre que no lo quería alquilar. El señor Fogg le ofreció una buena cantidad de dinero, pero mantener un elefante es caro y el indio tenía otros planes para su animal. Fogg le propuso, entonces, la compra. El indio no aceptó cuando le ofreció mil libras, tampoco mil quinientas, y recién accedió a vender su elefante a cambio de dos mil libras que Passepartout sacó de la bolsa que llevaba en su saco. Era un precio excesivamente alto, pero el señor Fogg no podía perder más tiempo. Sir Francis Cromarty tomó asiento de un lado y Phileas Fogg del otro. Passepartout montó detrás de ellos. Un joven a quien le pagaron otro suculento billete se colocó sobre el cuello del elefante. Él los guiaría a su próximo destino.

VII

Después de dos horas de marcha la selva había dado paso a bosques de tamarindos y de palmeras enanas; luego comenzaron las llanuras áridas. Varias veces atravesaron a grupos de hindúes que se mostraban enojados por el paso del elefante. También encontraron algunos monos que huían haciendo muecas y contorsiones.

A las ocho de la noche ya habían dejado atrás la mitad del viaje y era hora de buscar alojamiento para la noche. Entraron a una cabaña donde el guía encendió una hoguera de ramas secas para combatir el frío. Los viajeros cenaron y luego cayeron exhaustos. Rugidos de tigres y panteras se escuchaban cada tanto en el silencio, mezclados con los gritos de los monos.

A las seis de la mañana se emprendió la marcha. Un rato después, cuando nada parecía ir mal, el elefante empezó a inquietarse.

–¿Qué sucede? –preguntó sir Francis Cromarty.

–No lo sé –respondió el guía, con el oído atento a los ruidos de la selva.

Algunos instantes después escucharon un murmullo parecido al de voces humanas e instrumentos musicales.

El guía saltó a tierra, ató el elefante a un árbol y se adentró en la espesura de la selva. Al rato volvió diciendo:

–Una procesión de brahmanes se dirige hacia nosotros. Intentaremos que no nos vean.

El ruido discordante de las voces e instrumentos se acercaba. Unos cantos monótonos se mezclaban con el toque de tambores y timbales. Pronto apareció bajo los árboles la cabeza de la procesión, a unos cincuenta pasos de donde se encontraban el señor Fogg y sus compañeros de travesía. En primera línea avanzaban unos sacerdotes cubiertos de vestidos. Estaban rodeados de hombres, mujeres y niños que cantaban una especie de canción fúnebre. Detrás de ellos algunos brahmanes arrastraban a una mujer que apenas se mantenía en pie. Era joven y blanca. Su cabeza, su cuello, sus hombros, sus orejas, sus brazos, sus manos, sus pulgares, estaban sobrecargados de joyas, collares, brazaletes, pendientes y sortijas. Una túnica recamada de oro y recubierta de una muselina ligera dibujaba los contornos de su talle. Detrás de la joven, unos guardias, armados de sables que llevaban en el cinto y largas pistolas, conducían el cadáver de un anciano.

Sir Francis miraba la escena con tristeza, y volviéndose hacia el guía le dijo:

–¡Un sutty!

El guía hizo una seña afirmativa y puso un dedo en sus labios. La larga procesión se desplegó lentamente bajo los árboles, y en pocos minutos desapareció nuevamente entre los árboles.

–¿Qué es un sutty? –preguntó el señor Fogg cuando el peligro había pasado.

–Un sutty, señor Fogg –respondió el brigadier general– es un sacrificio humano. Esa mujer que acaba de ver será quemada mañana en las primeras horas del día.

–¿Y el cadáver?

–Es el del príncipe, su marido –respondió el guía.

–¡Pobre mujer! –dijo Passepartout– ¡Quemada viva! ¿Y si la ayudamos a escapar? Todavía tengo doce horas de ventaja y puedo dedicarlas a esto.

–¡Entonces usted sí tiene sentimientos! –dijo sir Francis Cromarty.

–Algunas veces –respondió Phileas Fogg–, sólo cuando me sobra tiempo.

VIII

Cuando se hizo de noche, el guía, el señor Fogg, sir Francis Cromarty y Passepartout se internaron en el bosque. Llegaron al borde de un riachuelo y allí, a la luz de las antorchas, encontraron leña apilada. Era la hoguera donde iban a quemar a la mujer junto con el cuerpo embalsamado de su marido, que esperaba allí mismo. A unos metros se elevaba la pagoda.

–Vengan –dijo el guía con voz baja y se deslizó silenciosamente a través de los pastizales.

El silencio sólo se veía interrumpido por el murmullo del viento en las ramas.

El guía se detuvo en un claro alumbrado por antorchas. El suelo estaba cubierto de personas durmiendo. Hombres, mujeres, niños. En el fondo, alumbrados por antorchas y con sables en sus manos, dos guardias vigilaban la puerta de la pagoda.

–Esperemos –dijo sir Francis–. Todavía es temprano. Es posible que esos guardias también caigan dormidos en un rato más.

Esperaron ocultos hasta medianoche y los guardias seguían sin dormirse.

–¿Qué podemos hacer? –dijo sir Francis Cromarty–. Dentro de algunas horas será de día, y...

–Todavía tenemos una chance.

El guía condujo al grupo a un lugar apartado y a salvo donde pensaban esperar una oportunidad. Passepartout, sentado sobre las primeras ramas de un árbol, empezaba a pensar en un plan. Era una locura, pero ¿por qué no? Así pasó el rato, hasta que las primeras luces del día, todavía muy tenues, se hicieron presentes. Era el momento preciso. La multitud adormecida comenzó a desperezarse. Las puertas de la pagoda se abrieron. Una luz más viva se escapó del interior. El señor Fogg y sir Francis Cromarty vieron a la víctima alumbrada, sacada fuera de la pagoda por dos sacerdotes.

En ese momento la multitud se puso en movimiento. Phileas Fogg y sus compañeros los siguieron, mezclándose entre las últimas filas. Dos minutos después llegaban al borde del río y se detenían a menos de cincuenta pasos de la hoguera, sobre la cual estaba el cuerpo del rajá. Entre la semioscuridad vieron a la víctima absolutamente dormida, tendida junto al cadáver de su esposo. Ya habían encendido los primeros leños. La hoguera comenzaba a humear en torno al cuerpo de la mujer.

Entonces hubo un grito de terror y toda aquella muchedumbre se arrojó a la tierra. Creyeron que el viejo rajá no había muerto, puesto que lo vieron levantarse, tomar a la joven mujer en sus brazos y bajar de la hoguera en medio de torbellinos de humo que le daban una apariencia de fantasma. Los fakires, los guardias, los sacerdotes, presos del terror, estaban tendidos boca abajo sin atreverse a levantar la vista ni mirar semejante suceso. La víctima pasó a los vigorosos brazos que la llevaban sin que les pareciese pesada. Fogg y Francis habían permanecido de pie; el guía había inclinado la cabeza, y era probable que Passepartout no estuviese menos estupefacto. El resucitado llegó adonde estaban el señor Fogg y sir Francis Cromarty, y con voz breve, dijo:

–¡Huyamos!

¡Era Passepartout quien se había deslizado hasta la hoguera en medio del humo! ¡Era Passepartout quien, aprovechando la oscuridad que reinaba todavía, había libertado a la joven de la muerte!

Un instante después, los cuatro desaparecieron por la selva subidos al lomo del elefante. Pero entonces, los gritos y una bala que atravesó el sombrero de Phileas Fogg les anunció que la trampa había sido descubierta. El cuerpo del rajá seguía sobre la hoguera. Los sacerdotes, ya repuestos del espanto, habían comprendido el engaño, pero los viajeros huían a toda velocidad, y pronto estuvieron a salvo de las balas.

IX

Una hora después, Passepartout todavía disfrutaba de su triunfo. Sir Francis Cromarty había estrechado la mano del intrépido francés. Su amo le había dicho: "Bien", lo cual equivalía a una honrosa aprobación. En cuanto a la joven india, no había tenido conciencia de lo sucedido. Envuelta en mantas de viaje, se hallaba descansando sobre el elefante. Sir Francis Cromarty estaba intranquilo por el futuro de la mujer. Si Aouida, así se llamaba se quedaba en la India, volvería a caer inevitablemente en manos de sus verdugos. Phileas Fogg respondió que tendría presentes estas observaciones. Hacia las diez, el guía anunció que se aproximaban a la estación de Hallahabad. Allí arrancaba de nuevo la vía, cuyos trenes recorren en menos de un día y una noche la distancia que separa a Allahabad de Calcuta. Phileas Fogg debía llegar a tiempo para tomar el vapor que partía al día siguiente, 25 de octubre a mediodía, en dirección a Hong Kong.

El tren se aprestaba a dejar la estación. El guía esperaba. El señor Fogg le pagó lo convenido. Luego le estrechó la mano y le dijo:

–Fuiste fiel y servicial. He pagado por tu trabajo, pero no por tu lealtad. ¿Quieres ese elefante? Es tuyo.

Los ojos del guía brillaron.

–¡Gracias, señor! –exclamó.

–Enhorabuena –exclamó Passepartout–. Toma, amigo mío, Kiouni es animal animoso y valiente.

Y yendo hacia el elefante le ofreció algunos terrones de azúcar, diciendo:

–¡Toma, Kiouni, toma, toma!

El elefante exhaló algunos gruñidos de satisfacción, y luego usó su trompa para tomar a Passepartout por la cintura y lo levantó hasta la altura de su cabeza. Passepartout, sin asustarse, hizo una caricia

al animal, que lo volvió a dejar suavemente en tierra, y al apretón de trompa del honrado Kiouni respondió con un apretón de manos.

Algunos instantes después, Phileas Fogg, sir Francis Cromarty y Passepartout, instalados en un confortable vagón cuyo mejor asiento iba ocupado por Aouida, corrían a todo vapor hacia Benarés. Durante el trayecto, la joven recobró por entero la conciencia. ¡Cuál fue su asombro al encontrarse en el ferrocarril, en aquel compartimento, vestida como una europea y protegida por esos viajeros desconocidos!

A las doce y media el tren se detuvo en la estación de Benarés. Allí debía bajar sir Francis Cromarty. Las tropas con las cuales tenía que reunirse estaban acampando algunos kilómetros al norte. El brigadier general se despidió de Phileas Fogg deseándole todo el éxito posible. Después llegó la noche y, en medio de los rugidos de los tigres, osos y lobos que huían ante la locomotora, el tren pasó a toda velocidad. A las siete de la mañana llegaron a Calcuta. El vapor que salía para Hong Kong no zarpaba hasta el mediodía.

Desgraciadamente, los días ganados entre Londres y Bombay se habían perdido a causa del rescate de la hermosa mujer que los acompañaba.

X

Passepartout bajó primero del tren, seguido del señor Fogg, quien ayudó a su joven compañera a descender al andén. Pero cuando se disponían a salir de la estación, se acercó a él un agente de policía diciéndole:

–¿El señor Phileas Fogg?

–Soy yo.

–Les ruego que me sigan, por favor.

El señor Fogg, Aouida y Passepartout fueron conducidos a un carruaje tirado por dos caballos. Nadie habló durante el trayecto, que duró unos veinte minutos. Luego, el carruaje se detuvo frente a un edificio de apariencia sencilla. El agente hizo bajar a los viajeros y los llevó a una sala con rejas, diciéndoles:

–A las ocho y media declararán ante el juez Obadiah.

Y luego se retiró cerrando la puerta.

–¡Nos atraparon! –exclamó Passepartout, dejándose caer sobre una silla.

Aouida, llorando, dijo al señor Fogg:

–¡Deben seguir sin mí! ¡Esto es por mi culpa!

Pero Phileas Fogg no abandonaría a la mujer.

–¡El barco zarpa a las tres! –dijo Passepartout.

–Antes de las tres estaremos a bordo –respondió el caballero sin perder la calma.

A las ocho y media el agente de policía llevó a los presos a una sala de audiencias. El señor Fogg, Aouida y Passepartout se sentaron en un banco frente a los asientos reservados para el juez y el fiscal.

–La primera causa –dijo el juez, colocándose su peluca.

Se abrió una puerta y tres sacerdotes indios ingresaron en el salón.

–¿No lo decía yo? –dijo Passepartout–. ¡Esos bribones son los que querían quemar a esa joven señora!

Los sacerdotes se miraron, sin entender.

–¿Qué joven señora? –preguntó el juez–. ¿Quemar a quién? ¿En medio de la ciudad de Bombay?

–¿Bombay? –preguntó Passepartout.

–Usted ingresó a una pagoda sin respetar las normas establecidas –dijo el fiscal–. Y, como prueba, he aquí los zapatos del profanador –y colocó un par de ellos sobre la mesa.

–¡Mis zapatos! –exclamó Passepartout.

Tanto el amo como su sirviente habían olvidado el incidente de Bombay. En efecto, el agente Fix había comprendido el provecho que podía sacar de ese asunto.

–¿Los hechos se confiesan? –preguntó el juez.

–Confesados –respondió el señor Fogg.

–Entonces –repuso el juez–, condeno al susodicho Passepartout a quince días de prisión y una multa de trescientas libras. Y también condeno al señor Phileas Fogg a ocho días de prisión y ciento cincuenta libras de multa.

Fix, en su rincón, sonreía con satisfacción. Phileas Fogg, detenido ocho días en Calcuta, era más de lo que necesitaba para dar tiempo a que llegase la orden de arresto por el robo del banco. Passepartout estaba destrozado. Por su culpa, su amo perdería la apuesta de veinte mil libras, ¡y todo por haber tenido la curiosidad de entrar en aquella maldita pagoda!

Phileas Fogg, en cambio, se mantenía impasible.

–Ofrezco pagar una fianza.

–Tiene el derecho de hacerlo –respondió el juez.

–¡Trato hecho! –exclamó el caballero.

Y retiró del saco que llevaba Passepartout un paquete de billetes de banco que dejó sobre la mesa del escribano. Eran dos mil libras, pero les permitían a los viajeros seguir con su viaje, no sin antes recuperar los zapatos de Passepartout. Fix corrió detrás de ellos, pero no podía hacer nada para detenerlos.

    –¡Maldito! –exclamó Fix cuando los vio tomar un coche rumbo a la estación de tren–. ¡Dos mil libras sacrificadas! ¡Lo seguiré hasta el fin del mundo si es necesario; pero al paso que va, todo el dinero que robó desaparecerá pronto!

XI

La travesía a Hong Kong a bordo del barco "Rangoon" duraba más de una semana. Durante los primeros días, Aouida se hizo más cercana a Phileas Fogg. El caballero cuidaba que nada faltase a la joven. Mientras tanto, el barco avanzaba dejando atrás las costas de islas y bosques de bambúes, helechos y montañas.

¿Qué hacía durante la travesía el inspector Fix? Al principio intentaba pasar desapercibido. No quería levantar sospechas. Hong Kong era todavía tierra inglesa, pero la última. Más allá, China, Japón, América, serían un refugio seguro para el señor Fogg. Si llegaba por fin el pedido de prisión, Fix detendría al señor Fogg en Hong Kong y lo entregaría a la policía local. En los siguientes destinos ya no sería tan fácil. Era su última oportunidad.

El inspector de policía pensaba sobre todo esto cuando notó la presencia de Aouida a bordo del "Rangoon". ¿Quién era aquella mujer? De pronto tuvo la certeza de que Fogg la había secuestrado. Si era así, podía pedir la detención apenas desembarcaran en Hong Kong, sin necesidad de ninguna orden de captura. El barco anclaba en Singapur. Allí podría denunciar el rapto. Sin embargo, antes de llevar a cabo cualquier acción, Fix resolvió interrogar a Passepartout.

–¡El señor Fix! –dijo Passepartout, absolutamente sorprendido, cuando reconoció al inspector en el salón principal–. ¿También usted está dando la vuelta al mundo?

–No –respondió Fix–. Pienso detenerme en Hong Kong, al menos durante algunos días. ¿Cómo se encuentra su amo?

–Lleno de salud y tan puntual como su itinerario. ¡Ni un día de atraso! ¡Ah, señor Fix, también está con nosotros una joven señora!

–¿Una joven señora?

Passepartout le contó la historia del rescate, la compra del elefante y el juicio, que Fix fingió desconocer.

–¿Así que tu amo intenta llevar a esa joven a Europa? –preguntó Fix.

–No, señor Fix. Vamos a entregarla a uno de sus parientes, un rico comerciante de Hong Kong.

–¡No hay caso! –dijo el detective, visiblemente frustrado.

Desde aquel día, Passepartout y Fix se encontraron con frecuencia. El francés se preguntaba por la extraña casualidad. ¿A quién perseguía Fix? Creyó que Fix había sido enviado por los hombres del Reform Club para que verificara que el viaje alrededor del mundo fuera efectivamente cumplido. Y así era por el momento, a pesar de las tormentas que amenazaban al barco. Todo iba según lo planeado. Sin embargo, cuando amarraron en Hong Kong supieron que el pariente de Aouida se había marchado a Europa, probablemente a Holanda.

–¿Qué debo hacer, señor Fogg? –preguntó Aouida cuando supo la noticia.

–Muy fácil –respondió el gentleman–. Venir a Europa.

–No quiero abusar de su generosidad.

–No es abuso, y además su presencia no entorpece en nada mis plances. ¿Passepartout?

–Señor –respondió Passepartout.

–Vaya al "Carnatic" y asegúrese tres camarotes.

Passepartout salió corriendo, feliz, rumbo al puerto.

XII

Donde se hallaba anclado el "Carnatic", Passepartout vio a Fix que se paseaba de arriba abajo.

–¡Bueno! –pensó Passepartout–. ¡Los muchachos del Reform Club no la están pasando bien!

Y salió al encuentro de Fix con una sonrisa.

El agente tenía buenas razones para estar enojado. No había llegado la orden de arresto. Y, como Hong Kong era la última tierra inglesa del trayecto, ese bribón de Fogg se le iba a escapar definitivamente.

–Y bien, señor Fix, ¿piensa venir con nosotros a América? –preguntó Passepartout.

–Sí –respondió Fix.

–¡Muy bien! –exclamó Passepartout soltando una ruidosa carcajada–. Ya sabía que usted no iba a separarse de nosotros. ¡Venga a comprar su pasaje, vamos!

El empleado que vendía los pasajes les explicó que el "Carnatic" se marcharía esa misma noche a las ocho, y no al día siguiente como se había anunciado.

–Muy bien –dijo Passepartout– esto le vendrá bien a mi amo. Voy a avisarle.

Entonces Fix tomó la decisión de contarle todo a Passepartout. Era la única manera de retener a Phileas Fogg en Hong Kong. Al salir de la oficina de ventas, Fix ofreció al francés invitarle un trago.

Caminaron hasta un bar cercano. Hablaron un buen rato hasta que Passepartout se levantó para avisar a su amo de la pronta salida del barco.

Fix lo detuvo.

–Un momento –le dijo–. Tengo que hablarte de algo serio.

–¿Qué tiene para decirme? –preguntó Passepartout.

Fix apoyó la mano en el brazo de su compañero, y bajando la voz, dijo:

–¿Ya adivinaste quién soy?

Passepartout sonrió.

–Entonces voy a confesarlo todo…

–Confiese lo que usted quiera, pero debo decirle que esos caballeros hacen gastos bien inútiles.

–¡Inútiles! –dijo Fix–. ¡Se ve que no conoce la importancia de la suma!

–Claro que la conozco perfectamente –respondió Passepartout–. ¡Se trata de veinte mil libras!

–¡Cincuenta y cinco mil! –corrigió Fix.

–¡Cincuenta y cinco mil libras! –exclamó Passepartout–. Más razones para no perder el tiempo.

–¡Cincuenta y cinco mil libras! –repitió Fix, que hizo sentar de nuevo a Passepartout y pidió otra botella de oporto para el francés–. Y si tengo éxito, ganaré dos mil libras. ¿Quieres quinientas con la condición de ayudarme?

–¿Ayudarte? –se asombró Passepartout–. ¡No contentos con hacer seguir a mi amo y sospechar de su lealtad, esos caballeros quieren además promover obstáculos!!

–¿De qué está hablando? –preguntó Fix.

–Que lo que usted propone es igual a sacarle el dinero al señor Fogg del bolsillo.

–¡De eso precisamente se trata!

–¡Qué vergüenza! ¡Sus compañeros del Reform Club! –exclamó Passepartout–. Mi amo es hombre honrado y cuando hace una apuesta trata de ganarla con lealtad.

–Pero, ¿quién crees que soy? –preguntó Fix.

–¡Un agente de los socios del Reform Club, con la misión de vigilar el itinerario de mi amo, lo cual es muy humillante!

–Escucha –dijo Fix–. Soy inspector de policía encargado de una misión... La apuesta de señor Fogg es un pretexto. El día 28 de septiembre se hizo en el Banco de Inglaterra un robo de cincuenta y cinco mil libras por un individuo cuyas señas pudieron recogerse. He aquí esas señas, que son una por una las de señor Fogg.

–¡Mi amo es el hombre más honrado del mundo! –Passepartout golpeó la mesa con el puño.

–¿Estás tan seguro de eso? ¿Acaso quieres que te arreste por cómplice? He seguido al señor Fogg hasta aquí, pero no he recibido todavía la orden de arresto. Necesito que me ayudes a detenerlo en Hong Kong.

–¡Jamás! –respondió Passepartout, pero su seguridad ya no parecía tan fuerte como hasta hace un rato–. Señor Fix, aun cuando fuese verdad todo lo que usted me ha contado, jamás traicionaría a mi amo.

–¿Entonces te niegas a ayudarme?

–Me niego.

–Hagamos de cuenta que no dije nada –respondió Fix y pidió más oporto para el francés, que comenzaba a adormecerse después de tanta bebida.

XIII

Al otro día el señor Fogg llamó a su criado, pero Passepartout no apareció. Pensando que debía estar ya en el puerto, avisó a Aouida que era la hora de partir. Sin embargo descubrieron que el "Carnatic" se había marchado el día anterior.

–Es un incidente, señora, y nada más –dijo el señor Fogg sin perder la calma.

En aquel momento, un hombre que lo observaba con atención se acercó a él. Era el inspector Fix, que lo saludó y le dijo:

–¿Ustedes no estaban en el "Rangoon" que llegó ayer?

–Así es, señor –respondió con frialdad el señor Fogg.

–Disculpe, pero creí que hallaría aquí a su criado.

–¿Usted sabe dónde se encuentra? –preguntó la joven Aouida.

–¡Cómo! ¿No está con ustedes? –dijo Fix, fingiendo sorpresa.

–No –respondió Aouida–. Desde ayer no sabemos nada de él. ¿Se habrá embarcado a bordo del "Camatic"?

–No lo sé. El "Carnatic" salió doce horas antes, sin avisar a nadie, y ahora debemos esperar ocho días hasta la próxima salida.

Al decir esto Fix sentía latir su corazón de alegría. ¡Ocho días! Tendría tiempo de sobra de recibir la orden de arresto. Sin embargo su ánimo cambió cuando oyó a Phileas Fogg decir:

–Tengo entendido que en el puerto de Hong Kong hay otros barcos.

Tras lo cual ofreció su brazo a Aouida para que continuaran camino.

Fix lo seguía, desconcertado. Durante tres horas Fogg recorrió el puerto de una punta a la otra, pero no encontró más que buques en carga o descarga. Fix comenzó a recobrar las esperanzas. Hasta que el dueño de una pequeña embarcación apareció de repente. El señor

Fogg le ofreció cien libras por día y otras doscientas libras si lo llevaba a tiempo a Yokohama.

–Pues bien –respondió el marinero–; no puedo arriesgar ni a mis hombres, ni a mí, ni a usted mismo en tan larga travesía. Pero yendo a Shangai, que está muchísimo más cerca, usted podría tomar el mismo barco que pensaba tomar en Yokohama, ya que en realidad su punto de partida es esa ciudad.

–¿Y cuándo sale el barco desde Shangai?

–El 11, a las siete de la tarde. Tenemos cuatro días para hacer las ochocientas millas hasta Shangai.

–¿Y cuándo podemos zarpar?

–Dentro de una hora.

–Hecho.

A las tres, el barco "Tankadera", una bonita y pequeña goleta, estaba lista para echarse a la mar. La tripulación se componía del patrón John Bunsby y de cuatro hombres. Phileas Fogg y Aouida pasaron a bordo, donde ya se encontraba Fix.

–Siento no poder ofrecerle otra cosa mejor –dijo el señor Fogg a Fix, que se inclinó sin responder.

El inspector de policía se sentía humillado.

–¡Es un ladrón muy cortés –decía para sí mismo–, pero igual es un bribón!

A las tres y diez minutos se izaron las velas. Fogg y Aouida dirigieron una última mirada al muelle, esperando que Passepartout apareciera a último momento. Pero pronto el mar fue todo lo que vieron.

XIV

La travesía comenzó bien, con buen viento y el mar calmo.
Pero pronto aparecieron nubes negras que se convirtieron en una
tormenta. Olas gigantes caían sobre la cubierta del "Tankadera". Se
perdieron varias horas y, cuando por fin la tormenta pareció dejarlos
en paz, dio paso a una brisa tan débil que el barco prácticamente
quedó detenido. Todos mantenían las esperanzas, pese a que ya eran
casi las siete del día 11. Cuando estuvieron a poco menos de veinte
millas, sin embargo, vieron un enorme barco de vapor que salía de la
costa. Era el buque a San Francisco que zarpaba a la hora señalada. El
capitán del "Tankadera" sintió que sus doscientas libras de premio se
esfumaban, pero antes hizo un intento desesperado.

–¡Enciendan las bengalas! –ordenó.

Unos minutos después, luces de ayuda que salían de la pequeña
goleta cruzaban el cielo.

Las señales hechas por la "Tankadera" fueron observadas por el
vapor de Yokohama. Viendo el capitán la bandera de auxilio, se dirigió
a la goleta y, algunos instantes después, Phileas Fogg, pagando su
pasaje según lo convenido, metía en el bolsillo del patrón John Bunsby
ciento cincuenta libras. Después, el honorable caballero, Aouida
y Fix subían a bordo del vapor, que siguió su rumbo a Nagasaki y
Yokohama.

Al llegar a destino, Phileas Fogg, que debía marcharse aquella
misma noche para San Francisco, se decidió inmediatamente a buscar
a su criado. Caminaba inútilmente por las calles de Yokohama cuando
la casualidad lo llevó a entrar en un lugar muy parecido a un circo.
Grande fue su sorpresa cuando creyó reconocer, vestido como un
payaso, con alas y una larga nariz roja, al francés Passepartout. De
inmediato se lo llevó con él, le compró ropa nueva y se contentó con

las explicaciones de su criado, quien, aunque supo que Fix seguía haciendo de las suyas, creyó que no era el momento para revelar a su amo lo que sabía sobre él.

El vapor que hacía la travesía de Yokohama a San Francisco se llamaba "General Grant". Era un gran buque y podía alcanzar una buena velocidad. Fogg creía que, llegando el 2 de diciembre a San Francisco, estaría el 11 en Nueva York y el 20 en Londres, un día antes de lo planificado.

El señor Fogg estaba tan tranquilo y tan poco comunicativo como siempre. Su joven compañera se sentía cada vez más atraída a él, ya no sólo por agradecimiento, sino por su forma de ser. Passepartout había comenzado a notar esto, pero por respeto a la señora no le hacía ningún comentario. En cuanto a Fogg, finalmente había conseguido la orden de arresto. El consulado se la había hecho llegar a bordo del mismo "Carnatic". Sin embargo, como Phileas Fogg ya no se encontraba en tierras inglesas, la orden no tenía ningún valor. Ahora debía pedir una extradición o confiar en que los planes de Fogg de regresar a Inglaterra fueran reales. Allí la orden tendría valor otra vez.

Esperaba no encontrarse con Passepartout en el barco, pero un día salió a tomar un poco de aire fresco a proa y no tuvo escapatoria. Passepartout se arrojó al cuello de Fix.

–¡Hablemos! –dijo el inspector, zafando de las manos del francés–. Es algo que le conviene a tu amo. Déjame que te explique algo. Mientras el señor Fogg estuvo en las colonias inglesas de Oriente tuve interés en detenerlo, aguardando una orden de captura. Hice que los sacerdotes de Bombay lo enjuiciaran, te emborraché en Hong Kong para que perdieran el barco…

Passepartout escuchaba con los puños cerrados.

–Ahora –siguió Fix–, el señor Fogg piensa regresar a Inglaterra. Lo seguiré hasta allí, pero le haré su camino tan fácil como esté a mi alcance, porque necesito que llegue a Inglaterra para que la orden de arresto tenga validez. De modo que tú y yo queremos lo mismo: que tu amo vuelva a Inglaterra. ¿Qué dices? ¿Somos amigos? –preguntó Fix.

–Amigos, no –respondió Passepartout–. Seremos aliados. Pero a la menor traición te retorceré el pescuezo.

Once días después, el 3 de noviembre, el "General Grant" entraba en la bahía de San Francisco. El señor Fogg todavía no había ganado ni perdido un solo día de su plan original.

XV

Eran las siete de la mañana cuando Phileas Fogg, Aouida y Passepartout pisaron por fin el continente americano. Apenas desembarcaron, el señor Fogg preguntó a qué hora salía el primer tren para Nueva York. Le dijeron que a las seis de la tarde, de modo que tenía un día entero para conocer San Francisco. Passepartout observaba con curiosidad la gran ciudad americana: anchas calles, casas bajas bien alineadas, iglesias y templos; ómnibus, tranvías y las veredas atestadas de gente. Cuando llegaron al Hotel Internacional, tenían la sensación de que ya se encontraban de nuevo en Inglaterra.

Después de almorzar, el señor Fogg, acompañado de Aouida, salió del hotel para visar su pasaporte en el consulado inglés. No había andado doscientos pasos cuando, "por una rara casualidad", se encontró con Fix. El inspector se hizo el sorprendido. ¡Cómo! ¡Habían hecho la travesía juntos, sin verse a bordo! En todo caso, Fix no podía menos de considerarse honrado de encontrarse con el caballero a quien tanto debía. El señor Fogg respondió que la honra era suya, y Fix, que no lo quería perder de vista, le pidió permiso de visitar con él esa curiosa ciudad de San Francisco.

Aouida, Phileas Fogg y Fix, echaron, pues, a pasear por las calles, pero no tardaron en encontrarse con una aglomeración de gente que llevaba carteles y banderas y cantaba consignas.

–¡Hurra por Kamerfield!

–¡Hurra por Maudiboy!

Era una manifestación política o, al menos, así lo pensó Fix, que transmitió su creencia al señor Fogg. En cualquier caso, era mejor que se mantuvieran alejados. Se disponían a retirarse cuando hubo entre la multitud un movimiento considerable. Todas las manos estaban al aire. Algunas de ellas, sólidamente cerradas, se elevaban y bajaban entre gritos. Las banderas oscilaban, desaparecían un momento y reaparecían destruidas. Al rato, los mástiles de las banderas se transformaron en armas. Ya no había manos, sino puños en todas partes. Todo servía de proyectil. Botas y zapatos describían por el aire largas trayectorias, y hasta pareció que algunos disparos se mezclaban con los gritos.

De pronto, el señor Fogg, Aouida y Fix se encontraban en el medio de una pelea entre los hombres de Kamerfield y los hombres de Mandiboy. Phileas Fogg y Fix se vieron en la obligación de proteger a Aouida. Pero un enorme americano de pelo rojizo descargó un puñetazo sobre Fogg, y hubiera descargado otro si no fuera porque Fix se interpuso en su camino, recibiendo él el golpe.

Para cuando llegó Passepartout, la pelea ya había terminado. El francés se quedó tranquilo al saber que Fix –que tenía un chichón en su frente- había ayudado a su amo. El señor Fogg, en cambio, prometió que volvería a Estados Unidos para ajustar cuentas con ese hombre.

A las seis menos cuarto, los viajeros, exhaustos y todavía temblando por lo que habían vivido, llegaron a la estación, donde el tren estaba listo para partir.

XVI

El viaje entre San Francisco y Nueva York tarda siete días en atravesar de oeste a este los Estados Unidos, de modo que Fogg tenía tiempo para llegar, el 11, a tomar el vapor que lo dejaría en Inglaterra. Sin embargo al amanecer del segundo día, cuando el tren surcaba una amplia pradera, una manada de bisontes lo obligó a detener su marcha. Debían ser como diez mil animales. Los pasajeros se maravillaron del espectáculo de la manada, pero Phileas Fogg siguió indiferente en su asiento mientras Passepartout se enfurecía por el tiempo que iban a tardar hasta que el último bisonte hubiera cruzado. Lo peor fue que, una vez que lograron pasar, un nuevo obstáculo se interpuso ante ellos. El tren hizo un relincho y se detuvo ante un puente colgante sobre un río caudaloso. Según el guarda, el puente estaba demasiado débil y no soportaría el peso del convoy. Tenía demasiados durmientes rotos. Debían pedir otro tren que no llegaría sino hasta dentro de seis horas.

–¡Seis horas! –dijo Passepartout–. Ese río, ¿no puede pasarse con una balsa? ¡La estación apenas está cruzando el río!

–Imposible. Está demasiado crecido y nos arrastraría corriente abajo.

Passepartout tenía que darle parte de lo que pasaba, y se dirigía al vagón con la cabeza baja cuando el maquinista dijo, levantando la voz:

–Señores, tal vez hay un medio de pasar.

–¿Por el puente? –dijo un viajero.

–Por el puente.

–¿Con nuestro tren? –preguntó el hombre que le había pegado a Fogg.

–Con nuestro tren.

Passepartout se detuvo, y devoraba las palabras del maquinista.

–¡Pero el puente se puede caer! –dijo el guarda del tren.

–No importa –respondió el maquinista–. Creo, que, si lanzamos el tren con su máxima velocidad, hay probabilidad de pasar.

Los pasajeros se miraron, dubitativos. Algunos tenían miedo. Pero al final se convencieron.

–¡Al tren! –gritaron todos, emocionados por la aventura.

Los viajeros volvieron a sus vagones. Passepartout ocupó su asiento sin decir nada de lo ocurrido. El señor Fogg, Aouida y Fix seguían su juego de cartas, ajenos a lo que estaba por suceder.

La locomotora silbó con fuerza. El maquinista llevó el tren hacia atrás durante cerca de una milla, retrocediendo para tomar impulso.

Después de otro silbido, comenzó la marcha hacia delante; se fue acelerando hasta alcanzar una velocidad peligrosa. Parecía que el tren iba volando. Y así pasaron, como un relámpago, sobre el puente. El tren saltó, por decirlo así, de una orilla a otra, y el maquinista no pudo detener la marcha sino varias millas después de la estación. Pero apenas había pasado el tren, cuando el puente, definitivamente arruinado, se desplomó con estrépito sobre las aguas furiosas del río.

XVII

Tres días y tres noches debían bastar, según los cálculos de Fogg, para llegar a Nueva York. Todo marchaba de acuerdo a sus previsiones. Mientras tanto, seguía jugando a las cartas con sus compañeros de viaje. Se preparaba para jugar un as de espadas, cuando se oyeron disparos. Passepartout, Fix y el señor Fogg corrieron a la parte delantera del tren, a ver qué pasaba. ¡El tren era atacado por una banda de sioux! Habían tomado la locomotora y la habían hecho andar a toda velocidad. Tenían escopetas, corrían por los pasillos, tiraban abajo las puertas de los camarotes. El conductor alcanzó a decir algo antes de que una bala lo alcance:

–La próxima estación está cerca, pero estamos perdidos si el tren pasa de largo.

–¡Se detendrá– dijo Phileas Fogg, que quiso echarse fuera del vagón.

–Quédese aquí, señor –le gritó Passepartout–. Yo me encargo.

El francés se soltó hacia la parte de debajo de la locomotora, se arrastró por debajo y, agarrándose de las cadenas y las palancas de freno, llegó a la parte delantera del tren sin haber podido ser visto. Así, colgado de una mano, desenganchó con la otra las cadenas de seguridad. La locomotora se desprendió del resto del tren, que fue frenando de a poco, a menos de cien pasos de la estación. Allí, los soldados del fuerte, atraídos por los disparos, acudieron con prisa. Los sioux no los esperaban. Antes de que el tren terminara de detenerse, ya habían desaparecido.

Pero cuando los viajeros se contaron en el andén de la estación, reconocieron que faltaban algunos. El más importante era Passepartout, el héroe que los había salvado.

XVIII

–Lo encontraré vivo o muerto –dijo Aouida mientras se secaba las lágrimas.

–¡Vivo –añadió el señor Fogg–, si no perdemos un minuto! Yo mismo iré a buscarlo.

Un día de retraso le haría llegar tarde a la salida del vapor en Nueva York. Iba a perder la apuesta, pero debía cumplir con su deber.

–¡No irá solo! –exclamó el capitán del fuerte que custodiaba la estación–. Treinta de mis soldados lo acompañarán

–Usted, señor Fix, por favor cuide de Aouida hasta mi regreso –pidió el señor Fogg.

El inspector aceptó a regañadientes.

–¡Amigos míos –gritó Fogg–, hay mil libras para ustedes si salvan a los prisioneros!

La tarde pasó muy despacio. Fix estaba arrepentido. ¿Y si Fogg escapaba? Se echaba la culpa por ser tan mal inspector. De pronto, una locomotora apareció en el horizonte. ¡Era la locomotora del tren, que volvía para continuar su viaje! El maquinista había logrado sobrevivir al ataque y se acercaba a toda velocidad. Los pasajeros del tren lo recibieron con alegría. Fix no sabía qué decisión tomar. ¿Debía seguir el viaje con Aouida o permanecer en esa estación a la espera de Fogg? Esperarían a Fogg. Para cuando el tren volvió a partir, la decisión estaba tomada. Ya no habría vuelta atrás, porque el próximo tren no salía sino hasta el día siguiente. ¿Y si Fogg nunca regresaba? Pero entonces otro ruido llamó la atención de todos. A lo lejos se acercaba un grupo de hombres. El señor Fogg iba a la cabeza, y junto a él estaban Passepartout y los otros dos viajeros, rescatados de entre las manos de los sioux.

–¡El tren, el tren! –gritaba Passepartout, desesperado al ver las vías vacías.

–Se marchó –respondió Fix.

Ya no había tren para llegar a tiempo al próximo destino, pero encontraron un vehículo bastante singular, una especie de trineo de nieve. El viaje fue largo, helado y difícil, con viento cada vez más fuerte. Pero llegaron a Omaha a tiempo para tomar el primer tren con dirección a Nueva York. Los pasajeros bajaron a los tumbos del trineo. El señor Fogg pagó al dueño del trineo lo convenido. Sin tiempo para nada, treparon al tren. Esta vez no hubo sioux, duelos ni ningún contratiempo. Era sorprendente la velocidad con la que pasaban las estaciones. Por fin, el 11 de diciembre, a las once y cuarto de la noche, el tren se detenía en la estación de Nueva York. Otra vez el señor Fogg, Aouida, Passepartout y Fix corrieron hacia el muelle. De nada sirvió. El "China" con destino a Liverpool había salido cuarenta y cinco minutos antes.

XIX

El señor Fogg mantuvo la calma.

–Mañana veremos qué hacer –dijo–. Ahora vamos.

El señor Fogg, Aouida, Fix y Passepartout subieron a un coche que los condujo al hotel San Nicolás, en Broadway. Fogg durmió tranquilamente esa noche, pero los demás estaban demasiado preocupados para hacerlo. La fecha del día siguiente era el 12 de diciembre. Desde el 12, a las siete de la mañana, hasta el 21, a las ocho y cuarenta y cinco minutos de la noche, quedaban nueve días, trece horas y cuarenta y cinco minutos.

A la mañana, ni bien amaneció, Fogg se dirigió al muelle una vez más. De los muchos barcos que zarpaban, ninguno servía para su objetivo. Parecía que por fin había llegado la derrota. Estaba a punto de darse por vencido cuando vio a un buque mercante de hélice, de formas delgadas, cuya chimenea, dejando escapar grandes bocanadas de humo, indicaba que se preparaba para aparejar.

Fogg se apuró para hablar con el capitán.

–¿Se dispone a zarpar? –preguntó.

–Dentro de una hora –dijo el capitán.

–¿Y para dónde?

–A Burdeos, Francia.

–¿Lleva pasajeros? Somos cuatro personas y necesitamos estar en Europa lo antes posible.

–Nunca. Ni aunque me diera doscientos dólares.

–Le ofrezco dos mil por persona.

El capitán comenzó a rascase la frente. ¡Eran ocho mil dólares! Ganaría con esos cuatro pasajeros casi tanto como con su carga de piedras.

–Parto a las nueve –dijo.

–¡A las nueve estaremos a bordo! –respondió Phileas Fogg.

XX

Una hora después, el vapor "Enriqueta" zarpaba hacia Europa. El capitán Speedy se arrepintió a las pocas horas de haber aceptado llevar a los viajeros. Phileas Fogg quería ir a Liverpool, así que había ofrecido dinero a toda la tripulación para ir en esa dirección en lugar de a Burdeos. Por eso Phileas Fogg estaba al mando, y todos descubrieron que tenía experiencia como marino cuando lo vieron al frente del timón.

Durante los primeros días la navegación se hizo en excelentes condiciones. Passepartout se veía entusiasmado y era un buen compañero de tripulación. Aouida, en cambio, se mostraba algo inquieta. También Fix. El modo en que Fogg había comprado a la tripulación, ese Fogg maniobrando como un marino consumado, todo eso lo confundía. ¡Ya no sabía qué pensar! Claro que un hombre que empezaba por robar cincuenta y cinco mil libras, bien podía terminar sus fechorías robando un barco.

Sin embargo los problemas aparecieron al tercer día. El viento cambió y fue necesario aumentar la fuerza de los motores. El combustible empezaba a escasear. El carbón necesario se estaba terminando.

Phileas Fogg llamó a Passepartout y le dio orden de ir a buscar al capitán Speedy.

–Le pedí que viniera para pedirle que me venda su barco –dijo Phileas Fogg.

–¡Lo que faltaba! ¡Por supuesto que no! –gritó el capitán.

–Es que voy a tener que quemarlo…

–¡Quemar mi buque!

–Sí, una buena parte, porque estamos sin combustible.

–¡Quemar mi buque! ¡Un buque que vale cincuenta mil dólares!

–Aquí tiene sesenta mil –respondió Phileas Fogg, ofreciendo al capitán un paquete de billetes.

El capitán tomó los billetes y los guardó de inmediato en el bolsillo. No volvió a quejarse en lo que quedó del viaje.

–Bien –ordenó de inmediato el señor Fogg–, ¡que arranquen puertas, ventanas, sillas, todo lo que pueda ser utilizado como combustible!

Aquel día medio barco desapareció dentro del horno de los motores del navío. Al día siguiente se quemaron los mástiles. El 20, la "Enriqueta" ya no era más que una base que se mantenía a flote; todo lo demás había sido convertido en combustible. Faltaban veinticuatro horas para el plazo, y era precisamente el tiempo que se necesitaba para llegar a Liverpool, aun marchando a todo vapor con las últimas reservas de madera que se pudieron sacar del barco.

–Señor –le dijo entonces el capitán Speedy–, lo siento mucho, pero me temo que no lo vamos a lograr. Recién se divisan las costas de Queenstown, en Irlanda.

–¿Podemos entrar en el puerto?

–Así es.

El nuevo plan de Fogg era desembarcar en Queenstown, un puerto desde donde parten trenes a gran velocidad hacia Liverpool. Desde allí podría viajar a Londres justo a tiempo para estar en el Reform Club a los ocho y cuarenta y cinco minutos de la tarde.

A la una de la mañana, la "Enriqueta" entraba en el puerto de Queenstown. Phileas Fogg, después de haber recibido un apretón de manos del capitán Speedy, se despidió de la tripulación y les ordenó a sus acompañantes que lo siguieran. Junto con Fix, Aouida y Passepartout se subieron a un tren con rumbo a Dublin y luego a otro que los dejó en Liverpool. Cuando por fin bajaron en la estación de esta ciudad, sólo les faltaba tomar el tren a Londres y en seis horas llegarían a destino. Pero en aquel momento Fix se acercó, le puso la mano en el hombro al señor Fogg y, exhibiendo su orden de detención, le dijo:

–¿Es usted el señor Fogg?

–Claro que sí.

–¡En nombre de la Reina, se encuentra usted detenido!

XXI

Phileas Fogg estaba preso en la aduana de Liverpool, donde debía pasar la noche, esperando su traslado a Londres.

En el momento en que Fix lo atrapó, Passepartout había querido arrojarse sobre el inspector, pero fue detenido por unos agentes de policía. Aouida, que no comprendía nada de lo que pasaba, lloraba desconsoladamente. Los dos se quedaron en la puerta de la Aduana, tomados de la mano, esperando por la suerte de Fogg.

Pero Fogg estaba perdido. Había llegado a Liverpool a las doce menos veinte del el 21 de diciembre; tenía de tiempo hasta las ocho y cuarenta y cinco minutos para presentarse en el Reform Club, o sea, nueve horas y quince minutos, y necesitaba seis para llegar a Londres. A pesar de todo miraba su reloj en el calabozo y mantenía la calma.

A las dos y treinta y tres minutos se escuchó ruido afuera y un estrépito de puertas que se abrían. Se oyó la voz de Passepartout y de Fix. Los ojos de Passepartout brillaron. La puerta se abrió, y Aouida, Passepartout y Fix corrieron a su encuentro.

Fix apenas podía hablar.

–¡Señor... –dijo tartamudeando–, señor... perdón... un terrible error... ladrón preso hace tres días... usted... libre!

Phileas Fogg miró al detective de arriba abajo y, echando sus brazos hacia atrás, golpeó con sus dos puños a Fix.

–¡Bien hecho! –exclamó Passepartout.

Fix, derribado por el suelo, aceptó el merecido castigo. Sin perder el tiempo, Fogg, Aouida y Passepartout salieron de la aduana y corrieron con rumbo a la estación.

El último tren ya había salido, pero Fogg logró que otro maquinista lo llevara a cambio de los últimos billetes que le quedaban. La distancia entre Liverpool y Londres debía hacerse en

cinco horas y media, algo posible si las vías se encontraran libres, pero no con algún contratiempo. Hubo varias demoras. Cuando el caballero llegó a la estación, todos los relojes de Londres señalaban las nueve menos diez. Después de haber dado la vuelta al mundo, Phileas Fogg llegaba con un atraso de cinco minutos. Había perdido.

XXII

¡Arruinado!, repetía el señor Fogg para sus adentros mientras deambulaba por su casa. ¡Y por culpa de ese torpe inspector de policía! ¡Después de haber superado mil obstáculos, de haber ayudado a tanta gente, de haber gastado todo ese dinero! De la suma de dinero que había llevado ya no quedaban más que monedas, y su fortuna estaba reducida a las veinte mil libras que ahora debía a sus compañeros de juego del Reform Club. Debía pensar muy bien cuál sería su próximo paso. Mientras tanto, le había otorgado un cuarto a Aouida y le ordenó a Passepartout que lo preparara.

El francés, por su parte, no dejaba de echarse la culpa por el fracaso. Si hubiera avisado a señor Fogg, si le hubiera contado sobre las verdaderas intenciones del agente Fix, quizás no habrían perdido ese precioso tiempo en Liverpool.

Passepartout no pudo contenerse, y exclamó:

–¡Amo mío! ¡Señor Fogg! Maldígame. La culpa fue mía...

–Nadie tiene la culpa –dijo el señor Fogg, tan calmo como siempre–. Vaya, por favor.

Phileas Fogg pasaba el día sin salir de la casa. No pensaba ir al Reform Club. ¿Para qué? Había perdido la apuesta y el dinero ya estaba depositado. Sus compañeros de cartas sólo debían reclamar por él en el banco. No había más que hacer, excepto hablar con Aouida. Fogg le preguntó si podían tener una pequeña conversación.

–Señora, ¿me perdona por haberla traído a Inglaterra? –preguntó, mirándola a los ojos–. Cuando tuve la idea de sacarla de aquel país tan peligroso para usted, yo era rico, y esperaba usar mi fortuna para que usted viviera feliz en Inglaterra. Pero ahora estoy arruinado.

–Señor Fogg –dijo entonces Aouida, levantándose y ofreciendo su mano al caballero–. La ruina soportada por uno solo es demasiado castigo. La ruina soportada por dos no es tal ruina. Usted me salvó, planeó una vida feliz para mí a pesar de que no tenía por qué hacerlo. Por salvarme, incluso atrasó su viaje. ¡Quién sabe si yo no fui, también, causa de su ruina! Por eso, señor Fogg...

Los ojos del señor Fogg se abrieron muy grandes. Aouida le apretó la mano y agregó:

–...¿Le gustaría casarse conmigo?

El señor Fogg dio un salto. Los labios temblaban. La sinceridad, la firmeza y suavidad de esa mirada de una noble mujer que se atreve a todo para salvar a quien se lo ha dado todo, lo admiraron primero y después lo cautivaron. Cerró un momento los ojos, respiró profundo y, cuando los abrió, sencillamente dijo:

–La amo. De verdad la amo.

–¡Ay! –exclamó Aouida, llevando una mano al corazón.

Llamaron a Passepartout, y cuando se presentó, el señor Fogg tenía aún entre sus manos la de Aouida. Passepartout entendió todo de inmediato. Una enorme sonrisa le surcó la cara. El señor Fogg le preguntó si no sería tarde para avisar al reverendo Samuel Wilson. Quería casarse cuanto antes.

–Nunca es tarde –dijo Passepartout.

Eran las ocho y cinco minutos.

–¿Será para mañana, lunes? –preguntó Passepartout.

–¿Para mañana, lunes? –dijo Fogg, mirando a la joven Aouida.

–Para mañana, lunes –respondió la joven.

Y Passepartout echó a correr.

XXIII

Mientras tanto, durante los últimos días los socios del Reform Club y gran parte de la sociedad de Londres estaba obsesionada con la historia de Phileas Fogg. Una vez que se había descubierto que él no era el ladrón del banco, había vuelto a ser una celebridad, y todos aguardaban su regreso para saber si había ganado o no la apuesta, y si ellos mismos habían ganado o no al apostar por él. Los periódicos hablaban de la travesía del señor Fogg, la gente deambulaba frente a su casa para saber si había regresado, todos querían tener noticias de ese caballero capaz de dar la vuelta al mundo por una apuesta.

La noche del día en que finalizaba el plazo, los cinco compañeros de juegos de Phileas Fogg estaban reunidos en el salón del Reform Club. Los dos banqueros, John Sullivan y Samuel Fallentin, el ingeniero Andrés Stuart, Gualterio Ralph, administrador del Banco de Inglaterra, el cervecero Tomás Flanagan, todos esperaban con ansiedad.

Cuando el reloj del gran salón señaló las ocho y veinticinco, Andrés Stuart, levantándose, dijo:

–Señores, dentro de veinte minutos, el plazo convenido con el señor Fogg habrá concluido.

–¿A qué hora llegó el último tren de Liverpool? –preguntó Tomás Flanagan.

–A las siete y veintitrés –respondió Gualterio Ralph–, y el tren siguiente no llega hasta las doce y diez.

–Pues bien, señores –repuso Andrés Stuart–, si Phileas Fogg hubiese llegado en el tren de las siete y veintitrés, ya estaría aquí. De modo que podemos considerar la apuesta como ganada.

–Esperemos –respondió Samuel Fallentin–. Ya saben cómo es nuestro compañero… No llegará ni antes ni después. Será puntual, como siempre.

–Bueno –dijo Andrés Stuart, algo nervioso–, pero ni aunque apareciese lo podría creer.

–Así es –repuso Tomás Flanagan–, el plan de Fogg era una locura. Por más puntual que sea, nunca podría impedir los atrasos típicos de cualquier viaje.

–¡Perdió, señores –dijo Andrés Stuart–, perdió la apuesta!

–Todavía faltan cinco minutos –dijo Andrés Stuart.

Los cinco compañeros se miraban. Había tal silencio que era posible escuchar los latidos de los corazones. Samuel Fallentin propuso que jugaran a las cartas.

Los jugadores se sentaron y tomaron las cartas, pero a cada rato miraban el reloj

–Las ocho y cuarenta y tres –dijo Tomás Flanagan, cortando la baraja. Nunca los minutos habían pasado tan lento.

Hubo un momento de silencio. El vasto salón del club estaba tranquilo, pero afuera se oían los gritos de una multitud. Las agujas del reloj avanzaban con su tic tac.

–¡Las ocho y cuarenta y cuatro! –dijo John Suilivan, con la voz ansiosa.

Faltaba un minuto y los cinco ganarían la apuesta. Andrés Stuart y sus compañeros ya no jugaban. Habían abandonado las cartas y contaban los segundos.

A los cuarenta segundos, nada.

A los cincuenta nada tampoco.

A los cincuenta y cinco se oyó fuera un ruido ensordecedor, aplausos, gritos de algarabía.

Los jugadores se levantaron de la mesa.

A las ocho horas y cuarenta y cuatro minutos con cincuenta y siete segundos, la puerta del salón se abrió. Phileas Fogg apareció seguido de una multitud que había forzado la puerta del Reform Club, y con voz calmosa, dijo:

–Aquí estoy, señores.

XIV

¿Cómo había sido posible? El señor Fogg no lo reveló a sus compañeros, pero Passepartout lo contaría una y mil veces a lo largo del resto de los años que le quedarían por vivir. Todo había empezado cuando el señor Fogg lo envió a buscar al reverendo para que oficiara el casamiento con Aouida.

Passepartout se había marchado muy alegre, yendo con paso rápido a la casa del reverendo Samuel Wilson, que no había vuelto aún a casa después de la misa del domingo. Pero Passepartout esperó un rato y el reverendo no apareció. Eran las ocho y treinta y cinco cuando salió de la casa del reverendo, desesperado, sin sombrero, corriendo como nunca había corrido ningún hombre, derribando a los peatones.

En tres minutos llegó a la casa, y caía sin aliento en el cuarto del señor Fogg.

–Señor... –tartamudeó Passepartout–, casamiento... imposible.

–¡Imposible!

–Imposible... para mañana.

–¿Por qué?

–¡Porque mañana... es domingo!

–Lunes –respondió el señor Fogg.

–No... hoy... sábado.

–¿Sábado? ¡Imposible!

–¡Sí, sí, sí, –exclamó Passepartout–. ¡Usted se equivocó de día! ¡Llegamos con veinticuatro horas de adelanto... pero ya no quedan más que diez minutos!

Passepartout había tomado a su amo por el cuello, y lo empujaba a la calle. Sin tener tiempo de reflexionar, Phileas Fogg salió de la casa, saltó en un taxi, prometió cien libras al cochero, y a las ocho y cuarenta y cinco minutos entró en el salón del Reform Club. ¡Había cumplido la vuelta al mundo en ochenta días! ¡Había ganado la apuesta de veinte mil libras!

¿Cómo era posible? El señor Fogg lo entendió luego de pensar un rato. Había dado la vuelta al mundo yendo hacia donde el sol sale por las mañanas, de modo que, a medida que avanzaban, las horas de sol eran cada vez más. Así, al dar la vuelta al mundo, habían ganado un día entero a los habitantes de Londres.

Phileas Fogg había ganado las veinte mil libras, pero como había gastado en el camino unas diez y nueve mil, apenas le quedaban mil libras de ganancia, que repartió entre Passepartout y el pobre Fix, a quien no le guardaba rencor. Eso sí: le descontó al francés el costo del gas que dejó prendido todo ese tiempo.

Tres días después, Phileas Fogg se recostó en su cama junto a su esposa Aouida. Había viajado alrededor del mundo en ochenta días. Pero, ¿qué había ganado con esa aventura? ¿Qué había traído de su viaje? Había traído nada más y nada menos que a otro ser humano a quien hacer feliz, y ella haría lo mismo con él. ¿Acaso no darías la vuelta al mundo para conseguir algo tan hermoso?

FIN

OTROS TÍTULOS DE ESTA COLECCIÓN

www.edicioneslea.com